Jean Lemieux

Pas de S
pour Copernic

Illustrations
de Sophie Casson

la courte échelle
Les éditions de la courte échelle inc.

Les éditions de la courte échelle inc.
5243, boul. Saint-Laurent
Montréal (Québec) H2T 1S4

Conception graphique de la couverture:
Elastik

Conception graphique de l'intérieur:
Derome design inc.

Mise en pages:
Mardigrafe inc.

Révision des textes:
Sophie Sainte-Marie

Dépôt légal, 2e trimestre 2001
Bibliothèque nationale du Québec

Copyright © 2001 Les éditions de la courte échelle inc.

La courte échelle reconnaît l'aide financière du gouvernement
du Canada par l'entremise du Programme d'aide au développement
de l'industrie de l'édition pour ses activités d'édition. La courte échelle
est aussi inscrite au programme de subvention globale du Conseil
des Arts du Canada et reçoit l'appui du gouvernement du Québec
par l'intermédiaire de la SODEC.

La courte échelle bénéficie également du Programme de crédit d'impôt
pour l'édition de livres — Gestion SODEC — du gouvernement du
Québec.

Données de catalogage avant publication (Canada)

Lemieux, Jean

 Pas de S pour Copernic

 (Premier Roman; PR108)

 ISBN 2-89021-454-0

 I. Casson, Sophie. II. Titre. III. Collection.

PS8573.E542P37 2001   jC843'.54   C2001-940156-6
PS9573.E542P37 2001
PZ23.L45Pa 2001

Jean Lemieux

Jean Lemieux est médecin et écrivain. Il vit à Québec, après avoir travaillé pendant plusieurs années aux Îles-de-la-Madeleine. Depuis qu'il est jeune, Jean Lemieux a toujours écrit. Aujourd'hui, il est l'auteur de plusieurs romans et nouvelles, dont *Le trésor de Brion,* pour lequel il a reçu le prix Brive-Montréal 1995 et le prix du livre M. Christie 1996. À la courte échelle, il a publié deux romans pour les adultes.

Comme il aime voir du pays, Jean Lemieux a beaucoup voyagé un peu partout dans le monde. Son passe-temps préféré est sans doute la musique (il joue d'ailleurs de la guitare et du piano) et son péché mignon, le hockey. Et quand il est à la maison, il ne manque jamais de faire un brin de causette avec sa chatte Chatouille. *Pas de S pour Copernic* est le premier roman pour les jeunes qu'il publie à la courte échelle.

Sophie Casson

Sophie Casson a étudié en design graphique et elle se spécialise en illustration éditoriale. On peut d'ailleurs voir ses illustrations au Canada, en France et aux États-Unis. Née de parents français, Sophie Casson a vécu pendant quelques années en Afrique et elle a aussi beaucoup voyagé. Aujourd'hui, elle vit à Montréal avec ses deux petits garçons, ses deux chiens et ses deux poissons rouges. Elle aime aussi beaucoup les bandes dessinées. *Pas de S pour Copernic* est le premier roman qu'elle illustre à la courte échelle.

Jean Lemieux

Pas de S pour Copernic

Illustrations
de Sophie Casson

la courte échelle

À Madeleine

1
Où il est question de ma tête et des s après les TU

Je m'appelle FX. Mon vrai nom, c'est François-Xavier, mais tout le monde m'appelle FX. FX Bellavance. Ne riez pas. Ça peut arriver à n'importe qui.

J'ai huit ans. J'ai aussi une tête de pioche. Mes parents, mon frère, ma soeur, mes amis, mes voisins vous le diront: quand j'ai une idée dans la tête, je ne l'ai pas dans les pieds.

Le problème, c'est qu'en plus je suis curieux. Qu'est-ce qu'on fait quand on a une tête de pioche et qu'on est curieux?

On pose des questions.

Je veux comprendre. Tout le temps. Mme Florence, mon professeur, dit que c'est une maladie. Quand je n'ai pas de réponse à une question, j'en pose une autre.

Parfois, cela me cause des ennuis...

* * *

Un soir d'octobre, mon père révise mes devoirs sur la table de la cuisine. Les mathématiques, ça va. Le français, c'est autre chose. Papa relit ma dictée.

— Tu as oublié deux S après des TU...

— Ce n'est pas ma faute! Pourquoi on écrit «j'aime» avec un E et «tu aimes» avec un S?

— Je ne sais pas, dit mon père. C'est comme ça.

Quand j'étais petit, je croyais que papa savait tout.

Je me trompais.

Mon père gagne sa vie en jouant avec des chiffres au ministère des Finances. Sa vraie passion, pourtant, ce sont les inventions. Dans son laboratoire du grenier, il fait des expériences.

En plus, c'est un maniaque d'histoire et de savants. Galilée, Copernic, Newton, Einstein... Il connaît leur prénom, le lieu et la date de leur naissance et de leur mort. Il peut aussi nommer les titres de leurs livres. Même en latin.

ET POURTANT!

IL NE SAIT PAS POURQUOI ON MET UN S APRÈS UN TU!

Je reviens à la charge:

— Pourquoi on met un S après un TU?

Mon père porte des lunettes. Quand il pense, il les remonte sur son nez avec son doigt.

— Dans la vie, il y a plein de choses qu'on ne comprend pas. Il faut les accepter comme elles sont.

— Pourquoi?

Ma question passe tout droit. Je fixe mon père dans les yeux:

— Tu me déçois.

Je monte ensuite dans ma chambre. Les parents, il faut les secouer de temps en temps. Sans ça, ils vieillissent.

* * *

Dans la cour d'école, Marianne m'attend sous un arbre. Elle a un bout de feuille morte dans les cheveux.

— Sais-tu pourquoi on met des S après les TU?

Marianne me regarde avec ses yeux de chat.

— Parce que, dit-elle.

— Ce n'est pas une réponse.

— Parce que c'est un mystère.

Marianne est mon amie. Ma grande amie. Nous ne nous disputons jamais. Ou presque. Nous avons chacun notre spécialité. Moi, ce sont les questions. Elle, les réponses.

— C'est quoi, un mystère?

— C'est quelque chose qu'on ne sait pas.

Me voilà bien avancé! La porte de l'école s'ouvre. Nous entrons les derniers, comme d'habitude.

Plus tard, pendant le cours de français, Mme Florence écrit au tableau. J'AIME. TU AIMES. IL AIME.

Je lève la main.

— Mme Florence?

— Oui, François-Xavier?

Mme Florence m'appelle toujours François-Xavier. Au long.

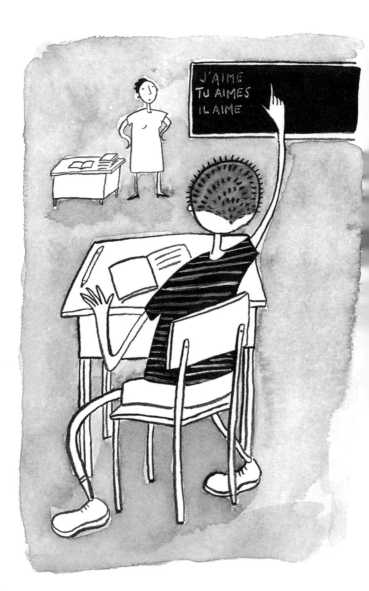

Elle dit que c'est une question de respect.

— Pourquoi on met un S après un TU?

— C'est... pour mieux comprendre qui est le sujet du verbe.

— On le sait déjà. C'est TU.

— Si tu veux, on en parlera après la classe, FX!

Mme Florence m'appelle toujours François-Xavier. Sauf quand elle n'est pas contente.

Je ne lâche pas prise aussi facilement:

— Dans le fond, il n'y a pas de raison.

— Il y a TOUJOURS une raison!

Elle dit ça pour me faire taire. Papa ne sait pas pourquoi on met un S après un TU. Mme Florence et Marianne non plus. Moi, FX

Bellavance, je commence à penser qu'on me cache quelque chose d'important.

PERSONNE ne sait pourquoi on met un S après un TU.

JE CHERCHE. TU CHERCHES. IL CHERCHE. Mme Florence retourne à ses verbes.

Je me penche vers Marianne.

— Tsttt! Si personne ne sait pourquoi on met un S après un TU, alors le monde n'a pas de raison.

— Tu penses trop. Avec un S.

2
Où il est question de l'Académie et de Copernic

Le soleil se couche. Marianne habite au deuxième étage d'une maison d'où l'on voit les montagnes.

Nous faisons nos devoirs sur la table de la cuisine. Je cherche des mots dans le dictionnaire.

— Savais-tu que Mme Florence porte un nom de ville?

— Oui.

Marianne sait toujours tout. Pas de farce.

— Imagine. Je pourrais m'appeler Rimouski Bellavance.

Intriguée par nos rires, Zoé, la mère de Marianne, s'approche.

— Qu'est-ce que vous mijotez?

— On se donne des noms de ville. Dites, madame... Vous ne sauriez pas pourquoi on met des S après les TU?

— J'imagine que c'est à cause de l'Académie, répond Zoé.

— L'Académie! C'est quoi, une académie?

— C'est un groupe de savants ou d'artistes. À Paris, il y a l'Académie française. Ce sont eux qui décident de la façon d'écrire le français.

— Ils sont combien? demande Marianne.

— Je ne sais pas... dit Zoé. Peut-être une trentaine.

Je suis fâché.

— Ils sont trente et ils décident pour tout le monde!

— Ils créent des conventions. Mettre des S après les TU, c'est une convention.

— C'est quoi, une convention?

— C'est quand plusieurs personnes décident de faire une chose de la même façon, répond Zoé. Par exemple, les feux de circulation. On pourrait attendre au feu vert et traverser au feu rouge.

— Les conventions, ça n'a pas de raison?

— Pas toujours.

— Tu vois, Marianne? Le monde n'a pas de raison.

*   *   *

Vénus, Mercure, la Terre, Jupiter... Marianne et moi explorons le manuel de sciences de la nature de son frère Geoffroy. Les planètes tournent sous nos yeux. Une bulle dans le coin d'une page attire notre attention.

Au XVIᵉ siècle, Copernic a démontré que les planètes tournaient autour du Soleil.

Copernic! Un des héros de papa! Le dessin montre un homme vêtu d'une robe de moine. Il a les cheveux en balai au-dessus d'un visage blanchi à la farine. Il tient un rouleau de papier sous son bras.

Le dictionnaire nous apprend que Nicolas Copernic est né en Pologne en 1473. En 1543, quelques mois avant sa mort, il a publié un livre avec un nom latin long comme un foulard.

— Maman! s'écrie Marianne.

Zoé surgit, aiguille à la main. Elle fabrique des costumes pour une troupe de théâtre. Elle nous explique:

— Avant Copernic, les gens pensaient que la Terre était le centre de l'univers. Quand Copernic a dit le contraire, personne ne l'a cru.

Je suis impressionné.

— Copernic était tout seul à penser que la Terre tournait autour du Soleil?

— C'est à peu près ça.

Zoé s'éloigne. J'ai une idée.

— Sais-tu quoi, Marianne? On devrait fonder une académie. Notre académie à nous! Pour commencer, on va arrêter de mettre des S après les TU…

Marianne proteste:

— Mme Florence va nous enlever des points.

— Rappelle-toi ce que ta mère a dit: c'est une CONVENTION. Copernic a prouvé que la Terre tourne autour du Soleil. On doit bien être capables de prouver qu'on n'a pas besoin des S après les TU…

— Chut! Maman revient.

3
Quand tu as huit ans, personne ne te prend au sérieux

Le lendemain, je retrouve Marianne sous son arbre.

— Tu veux toujours fonder ton académie? me demande-t-elle.

— Oui. Promets-tu de garder le secret?

— Tu me connais…

— Lève la main et répète après moi!

Marianne éclate de rire. Elle ne me prend pas au sérieux.

— PAR LE GRAND COPERNIC…

— Par le grand Copernic…

— JE JURE…

— Je jure…

— DE NE PLUS METTRE DE S APRÈS LES TU...

— De ne plus mettre de S après les TU.

— ÇA FINIT LÀ!

— Ça finit là!

La cloche sonne. Nous entrons dans l'école, gonflés à bloc. Marianne me souffle à l'oreille:

— FX? Si on veut être pris au sérieux, il ne faut pas faire d'autres fautes que les S après les TU.

— D'accord. Sais-tu quoi? Il nous faudrait une devise.

— J'en ai une! PAS DE S POUR COPERNIC!

Ça sonne bien. Nous nous tapons dans les mains pour adopter officiellement notre devise. Je connais trente académiciens, à Paris, qui doivent trembler derrière leurs dictionnaires!

* * *

Le problème, quand tu fais partie d'une société secrète, c'est que c'est secret. Ça ne paraît pas.

Deux jours après la fondation de l'Académie Copernic,

Marianne et moi attendons toujours le moment de passer à l'ac-
tion.

Enfin, le mercredi, Mme Florence nous donne une dictée. Je
l'écoute avec attention. Elle me
regarde par-dessus ses lunettes.
Elle me trouve bien sage, tout à
coup.

— Ça va, François-Xavier?
— Oui, madame.

Elle pose sa main sur mon front. Non, je ne fais pas de fièvre.

Le soir, à la maison, papa hoche la tête devant ma dictée:

— Je ne comprends pas. Tu as écrit *bicyclette*, *anonyme* et *hippocampe* sans faute, mais tu as oublié plein de S!

— Les S après les TU, pour moi, c'est fini.

Papa éclate de rire. Blessé, je romps le secret:

— J'ai inventé une nouvelle convention!

Quand tu as huit ans, personne ne te prend au sérieux. Papa me sert un avertissement.

— Pauvre FX! Si tu ne respectes pas les conventions, tu vas avoir des problèmes.

C'est ce qu'on va voir!

4
Je suis contagieux

— François-Xavier! Marianne! Restez en classe pendant la récréation...

Dès la deuxième application de la méthode Copernic, Mme Florence flaire notre manège et nous interroge:

— Qu'est-ce que vous avez contre les S?

J'avale ma salive et prononce bravement:

— Ils n'ont pas de raison, madame.

Mme Florence pousse un grognement. Venant de moi, la réponse ne la surprend pas. Elle se tourne vers Marianne, une de ses meilleures élèves.

— Et toi?

— Avant Copernic, les gens croyaient que le Soleil tournait autour de la Terre, madame.

— Assez de niaiseries, Marianne Landry! François-Xavier et toi, vous me copierez cent fois *«Il faut mettre un S après un TU»*. Si vous recommencez, je vous envoie chez le directeur.

* * *

— «Il faut mettre un S après un TU»... «Il faut mettre un S après un TU»... rouspète Marianne.

Mon amie commence à trouver que l'Académie Copernic nous cause des ennuis.

— Attention!

Nous cachons nos copies sous nos cahiers. Zoé nous apporte une collation en faisant semblant de ne rien remarquer.

Elle s'éloigne.

— Il ne nous manque qu'une chose, Marianne. LE NOMBRE. Si nous étions cent millions à ne pas mettre de S après les TU, nous pourrions obliger n'importe qui à écrire comme nous. Même l'Académie française.

— Et même Mme Florence...

— Ce n'est pas compliqué. Nous avons besoin de renfort.

Le lendemain, en cachette, près des balançoires, nous faisons prêter serment à cinq nouveaux membres.

Sigismond, William, Louise-Aurélie, Catherine et Augustin sont ravis d'abandonner les S. Ils n'ont jamais bien su où les placer.

— PAS DE S POUR COPER-
NIC! hurlent-ils tous ensemble.

Chut! Nous leur faisons jurer
de garder le secret. L'Académie
Copernic compte maintenant sept
membres en règle.

Il ne nous reste plus qu'à attendre la prochaine dictée.

L'évènement se produit le jour
même. Mme Florence nous sur-
veille du coin de l'oeil. Après
deux phrases, elle examine mon
cahier et explose:

— FX BELLAVANCE! Tu n'as
rien compris!

La copie de Marianne n'est
pas mieux: toujours pas de S.
Mme Florence devient cramoi-
sie.

— DEHORS!

— Nous sommes sept, ma-
dame.

— Ah oui? Où sont les autres rebelles?

Les cinq nouveaux académiciens, aussi pâles que des fantômes, lèvent timidement la main. Mme Florence les regarde, incrédule, puis se tourne vers Marianne et moi.

— En plus, vous êtes contagieux. Chez le directeur! Tout de suite!

5
Où je fais l'expérience du honk

Si Mme Florence a voulu nous faire peur en nous envoyant chez le directeur, elle a manqué son coup. Dans le corridor, je rassure Marianne.

— Ne t'inquiète pas au sujet de M. L'Écuyer. Papa l'a rencontré plusieurs fois aux réunions du comité d'école. Il dit qu'il est très gentil.

Nous entrons dans le bureau.

— Qu'est-ce qui vous amène?

Loin d'être fâché, le directeur semble content de nous voir. Il lit avec attention le papier sur lequel Mme Florence a écrit la

raison de notre expulsion.

— Hum! Hum! Vous refusez
de mettre des S après les TU?

La voix est sévère, tout à coup. Je balbutie:

— Oui, monsieur.

— De plus, vous entraînez la classe dans un mouvement de révolte contre l'orthographe?

Je reste muet. À mes côtés, Marianne est bleu raisin. Aussi sérieux qu'un croque-mort, M. L'Écuyer dit:

— HONK!

Marianne me lance un regard inquiet. Avons-nous bien entendu?

— HINK CROUKISHLOUK!

Encore! Notre directeur serait-il devenu fou? Il poursuit:

— MINK BATROULI SCHLITZ TOUTOU POURBAK!

Cette fois, ça devient inquiétant. M. L'Écuyer prend un malin plaisir à parler dans son jargon de babouin.

— Avez-vous compris quelque chose? demande-t-il.

OUF! Le voilà revenu à la normale.

— Non.

— Pas surprenant. Je vous parlais en honk.

Bon. En voilà une autre affaire!

— C'est quoi, le honk?

— C'est une langue dont vous ne connaissez pas les conventions. Tenez, j'ai un devoir pour vous.

Il tire un jeu de cartes d'un tiroir.

— Voilà. Je retire les piques et les coeurs du jeu. Treize piques, treize coeurs, cela fait vingt-six cartes. Construisez un château de cartes sur mon bureau.

— Un château de cartes! s'étonne Marianne.

— Eh oui! À tantôt.

Mystérieux, le directeur se lève et quitte la pièce. Il est à peine sorti qu'il entrouvre la porte et nous lance, l'oeil pétillant:

— HONK!

6
Où les snoreaux rencontrent un inquiétant personnage

Patiemment, nous empilons les cartes sur le bureau du directeur. C'est plus difficile que je ne le pensais.

— Qu'est-ce qu'il veut nous prouver, M. L'Écuyer, avec son château? marmonne Marianne.

Mon amie commence à trouver que l'Académie Copernic nous cause BEAUCOUP d'ennuis. Je lui demande:

— Si tu étais à sa place, quelle leçon voudrais-tu nous donner?

— Il faut respecter les conventions, même si le monde n'a pas de raison.

— Voilà. Et pourquoi le château de cartes?

— Parce qu'un château de cartes, ça s'écroule facilement. Vingt-six cartes, vingt-six lettres. Il veut nous faire comprendre que si on fait disparaître les S, on va se mettre à parler honk.

— Tu es un cerveau, Marianne! Passe-moi le tube de colle.

Une heure plus tard, le directeur réapparaît. Il examine notre château d'un air de connaisseur.

— Hum! Hum! Voilà une belle construction!

Appuyé sur une large base, notre château semble prêt à affronter un ouragan.

Comme prévu, M. L'Écuyer avance la main et tente de démolir le château en retirant une carte du bas.

Rien ne bouge. Il tire de nouveau, plus fort. Le château se déplace d'un bloc, aussi massif qu'une forteresse.

— Hum! Hum! Je vois que vous avez fait bon usage de ce tube de colle. Vous êtes de petits snoreaux.

Je m'apprête à demander ce qu'est un snoreau quand Mme Ferlatte, la secrétaire, pousse un cri dans le corridor. M. L'Écuyer sursaute. Des pas s'immobilisent

derrière la porte. Une voix reten-
tit:

— OUVREZ! AU NOM DU
TRÈS-SAINT!

Notre directeur ouvre. Un inquiétant personnage fait son en-
trée dans le bureau.

Vêtu d'une robe de moine,
l'homme a les cheveux en balai
au-dessus d'un visage blanchi à

la farine. Un rouleau de papier sous le bras, il nous regarde avec un air de boeuf.

Marianne saisit ma main:

— On dirait...

L'inconnu lui coupe la parole. Il parle avec un drôle d'accent, comme s'il avait une grrrosse grrrippe.

— Je me présente: Nicolas Copernic.

Marianne et moi sommes sidérés. Je fais un calcul rapide: le moine polonais doit avoir au moins 500 ans!

Copernic nous examine d'un air fâché:

— Vous avez fondé une secte qui porte mon nom?

Je proteste:

— Ce n'est pas une secte, c'est une académie!

— Une académie! C'est encore pire! Je vais tout de suite mettre fin à cette folie! Venez avec moi!

Toujours aussi sombre, Copernic quitte la pièce et se dirige vers notre classe.

Nous le suivons. À nos côtés, le directeur se fait rassurant.

— Ne vous inquiétez pas, les enfants. M. Copernic va bientôt retourner au XVIe siècle.

L'astronome entre dans la classe. Cloués à leur pupitre, nos amis sont hypnotisés par l'apparition. Mme Florence, au contraire, ne semble pas impressionnée par le visiteur.

— Qui êtes-vous? demande-t-elle calmement.

— Nicolas Copernic, madame. La vie éternelle n'est plus ce qu'elle était! J'ai dû revenir sur terre pour combattre les idées défendues par ces deux révolutionnaires!

Vivement, il se tourne et pointe sur nous un doigt accusateur. Son mouvement fait virevolter sa robe de moine.

Je n'ai pas rêvé. Sous sa soutane, Nicolas Copernic, astronome polonais mort en 1543, porte des baskets gris et jaune!

C'est drôle, papa en a des pareilles.

7
Où j'apprends que la raison du monde est une colle invisible

Un silence plane sur la classe. Je donne un coup de coude à Marianne et lui montre les pieds du savant:

— C'est papa...

Elle ouvre de grands yeux. Nous ne sommes pas les seuls amateurs de secrets. Mme Florence, M. L'Écuyer, Zoé et papa ont dû préparer cette mise en scène ces derniers jours!

Le faux Copernic prend la parole.

— Votre directeur me dit que certains d'entre vous, menés par M. FX Bellavance, ici présent, refusent de mettre des S après les TU... Eh bien, je leur dis bravo!

Bon. Papa est tombé sur la tête... Il s'approche de Marianne et de moi et nous tend la main pour nous féliciter!

— BRAVO! Encore BRAVO! Comme je l'ai fait il y a cinq siècles, Marianne et FX ont osé poser des questions. Malheureusement, ils se sont attaqués à un problème assez banal...

Papa saisit une craie et écrit «TU AIMES», puis «TU AIME», au tableau.

— Un S, pas de S, quelle différence? Pas grand-chose, à première vue. D'un autre côté, si l'on ne respecte pas l'orthographe, il peut se passer de drôles de phénomènes... Montrez-leur, monsieur le directeur.

M. L'Écuyer ouvre les lèvres et fait:

— BAKRAGOULI SPOUTZ NIRBIGRO HONK!

La classe tout entière éclate de rire.

— M. FX Bellavance prétend aussi que le monde n'a pas de raison, poursuit papa. Voilà une question plus intéressante que les S après les TU...

Il déploie son rouleau de papier et l'accroche au tableau. Il s'agit d'une carte du système solaire.

— La Terre, Mercure, Vénus et toutes les autres planètes tournent autour du Soleil. Pourquoi ces planètes sont-elles suspendues dans l'espace? Pourquoi tournent-elles toujours de la même façon au lieu de s'éparpiller comme des ballons dans le ciel?

Personne ne lève la main. Papa reprend:

— On me dit qu'un certain Newton a découvert que les étoiles sont soudées par une sorte de colle invisible qu'on appelle la GRAVITÉ. C'est elle qui nous empêche de voler comme les oiseaux.

— Quel rapport cela a-t-il avec les S après les TU? demande Sigismond.

— Nous y voilà! Personne n'a encore découvert la composition de cette colle invisible... Au lieu d'ennuyer Mme Florence avec vos S, vous devriez m'aider à résoudre ce petit problème.

— Monsieur Copernic?

— PROFESSEUR Copernic! Que veux-tu, FX?

Je m'approche de papa et tire sa manche, comme pour lui dire

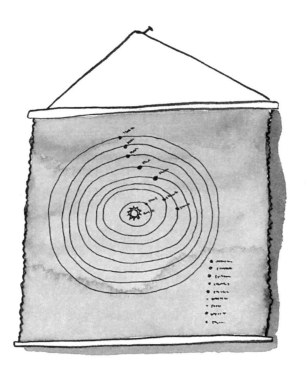

quelque chose à l'oreille. Il se penche. D'un geste rapide, je lui arrache sa perruque, révélant un palmier de cheveux retenus par des élastiques!

* * *

Depuis ces évènements, l'Académie Copernic ne s'occupe plus d'orthographe, mais d'astronomie.

Papa, oups! pardon, Nicolas Copernic, nous a fait promettre de TOUJOURS mettre des S après

les TU. En échange, il a accepté de nous faire découvrir les étoiles, les trous noirs et les galaxies.

Chaque mardi soir, il met son habit de moine et nous amène au parc. À l'aide de son télescope, il nous apprend à reconnaître le Sagittaire, la Grande Ourse et l'étoile Polaire.

Comme père, j'aurais pu tomber sur pire.

Je commence à penser que le monde a une raison. Nicolas Copernic, lui, semble en être convaincu.

Marianne et moi avons recruté sept nouveaux membres dans l'Académie. Les yeux levés vers le ciel, nous cherchons toujours à découvrir la colle invisible qui unit ces points qui brillent dans la nuit.

Table des matières

Achevé d'imprimer
sur les presses de Litho Acme inc.